Book Design by HMDpublishing

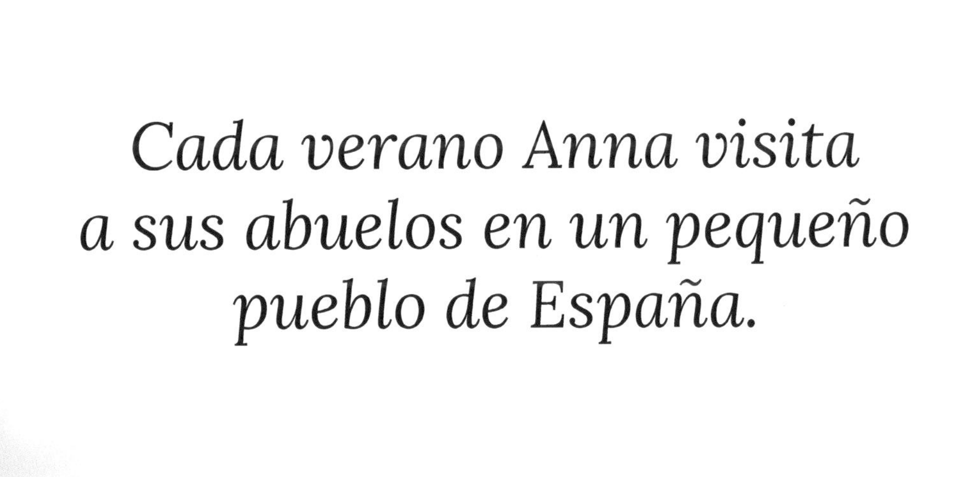

Cada verano Anna visita a sus abuelos en un pequeño pueblo de España.

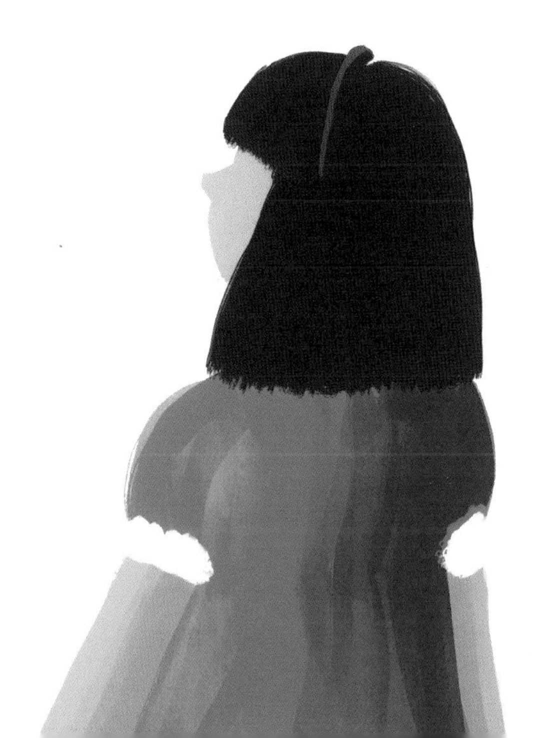

El resto del año Anna vive en Inglaterra, muy lejos del pueblo. Ese pequeño pueblo es muy distinto al lugar donde ella vive, Inglaterra.

En casa, Anna solo habla español con su mamá y en inglés con los demás.

Cuando llega a España le resulta difícil hablar en castellano.
Al principio la pequeñaja solo sabe decir "sí."

De repente, un día se despierta muy ilusionada, porque... ¡se acuerda de todas las palabras que sabe en español!

Anna ha hecho muchos amigos. Con ellos hace muchas cosas divertidas. Recogen moras para hacer mermelada, construyen casitas con palos y piedras, hacen carreras de bici por el pueblo...

Por la noche, suben a lo alto de una montaña para observar las estrellas fugaces, acurrucados bajo una manta cuentan cada una de ellas.

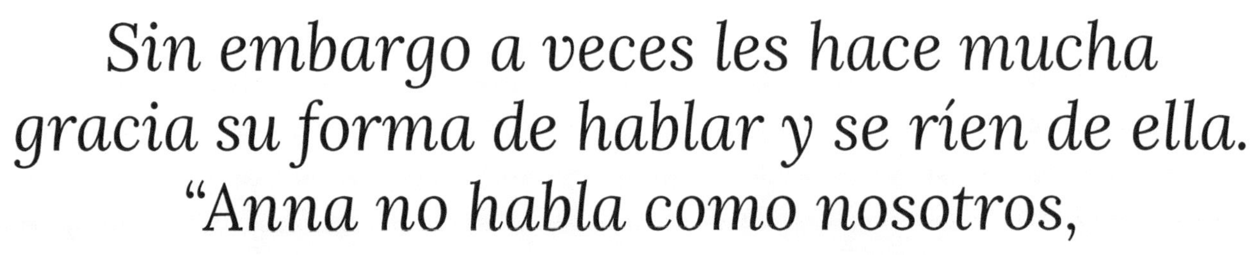

Sin embargo a veces les hace mucha gracia su forma de hablar y se ríen de ella. “Anna no habla como nosotros, ¡suena rara!” - dice Pablo.

Anna corre a casa para contárselo a sus abuelos. "Puedo hablar español como ellos, entonces ¿por qué se ríen de mí? ¡Quiero ser como ellos!"

Su abuela la abraza fuerte y dice: "Cariño, no les hagas caso. No todos saben hablar dos idiomas, quizás están celosos porque les gustaría saber tanto como tú. Anna, tienes suerte de tener dos culturas y hablar dos idiomas."

La abuela de Anna le seca las lágrimas y le dice: " Si vuelven a reírse de ti, diles que hablas mejor español que ellos hablan inglés."

Anna se va a la cama feliz.
Su abuela le ha hecho sentirse especial.
La chiquita sí **SABE** *hablar dos idiomas y*
TIENE *dos culturas.*

Al día siguiente, Anna ve a los niños jugando en el parque.
Les dice: "Te apuesto a que no sabes hablar inglés tan bien como yo hablo español."
Los niños la miran en silencio y no dicen nada.

Durante el almuerzo, los niños empiezan otra vez a reírse de Anna.

“Mira qué rara es Anna, está comiendo un bocadillo de chorizo con ketchup, ¡qué asco!” Ramona y Pablo la señalan y se ríen.

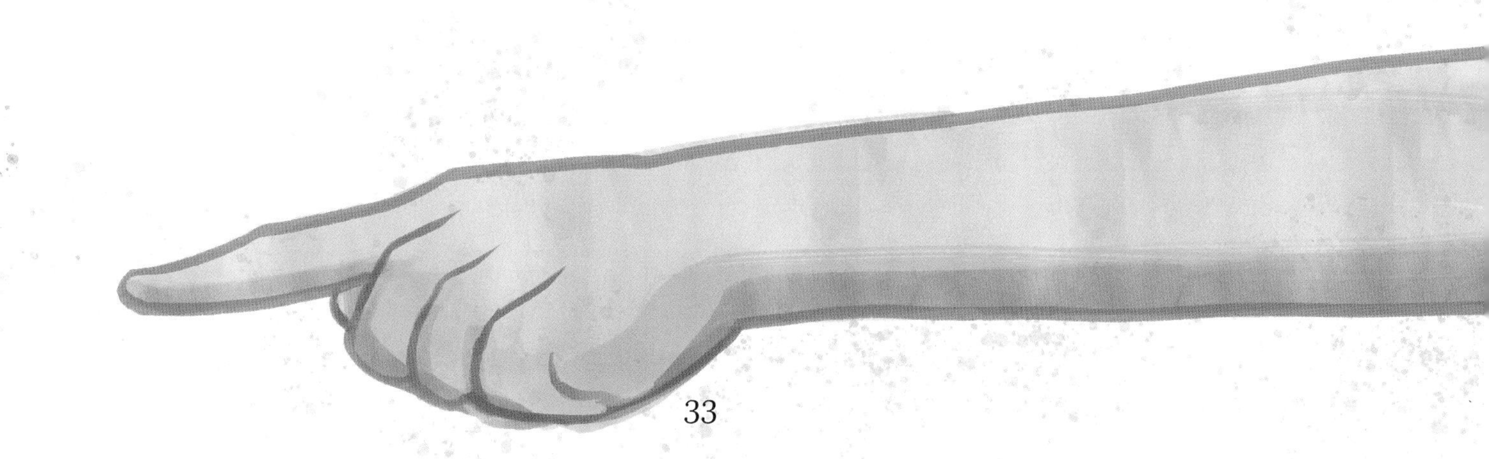

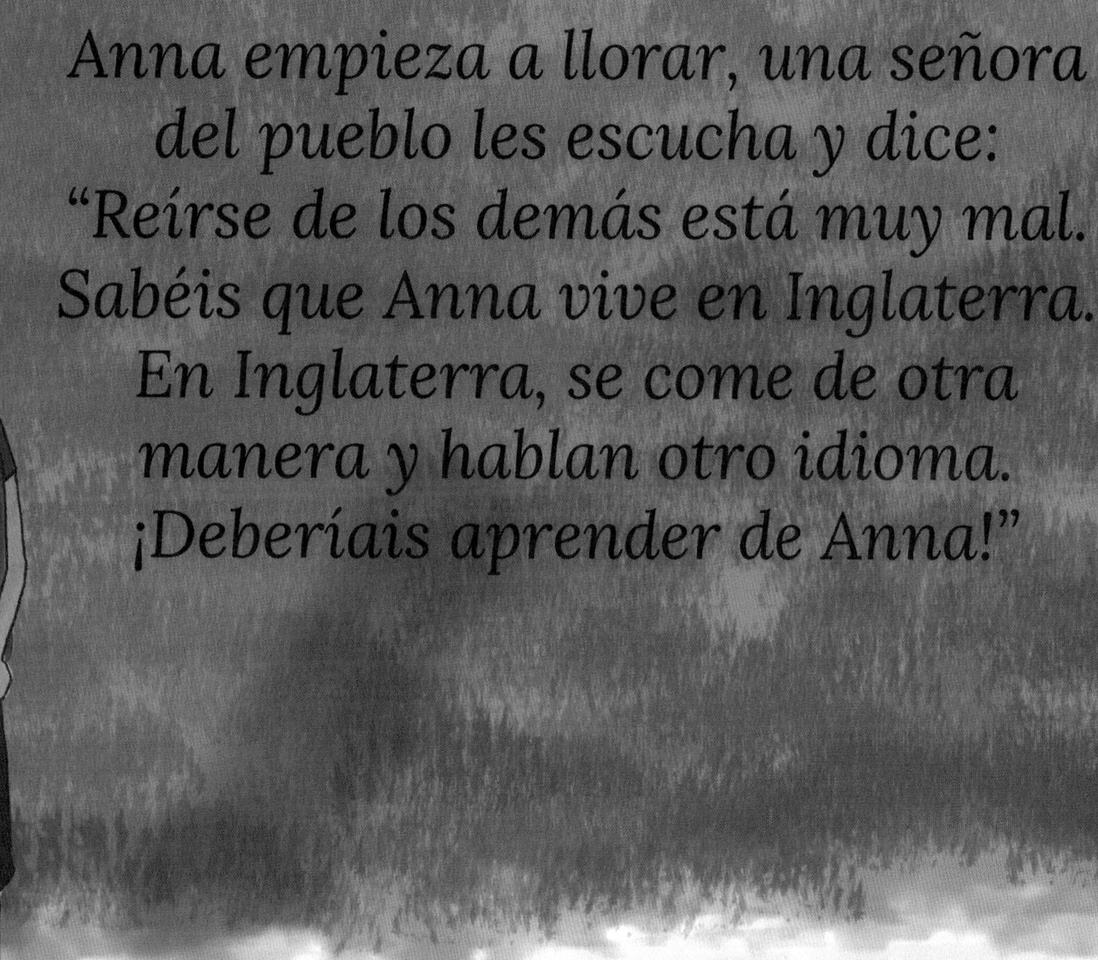

Anna empieza a llorar, una señora del pueblo les escucha y dice: "Reírse de los demás está muy mal. Sabéis que Anna vive en Inglaterra. En Inglaterra, se come de otra manera y hablan otro idioma. ¡Deberíais aprender de Anna!"

Pablo, Ramona y los demás se quedan sin palabras. Miran al suelo y raspan sus zapatos, se sienten mal ahora. Pablo es el primero en hablar y balbucea: "Anna, es muy guay que seas de otro país. No sé mucho inglés, ¿me puedes enseñar algunas palabras?

Hello
Hello

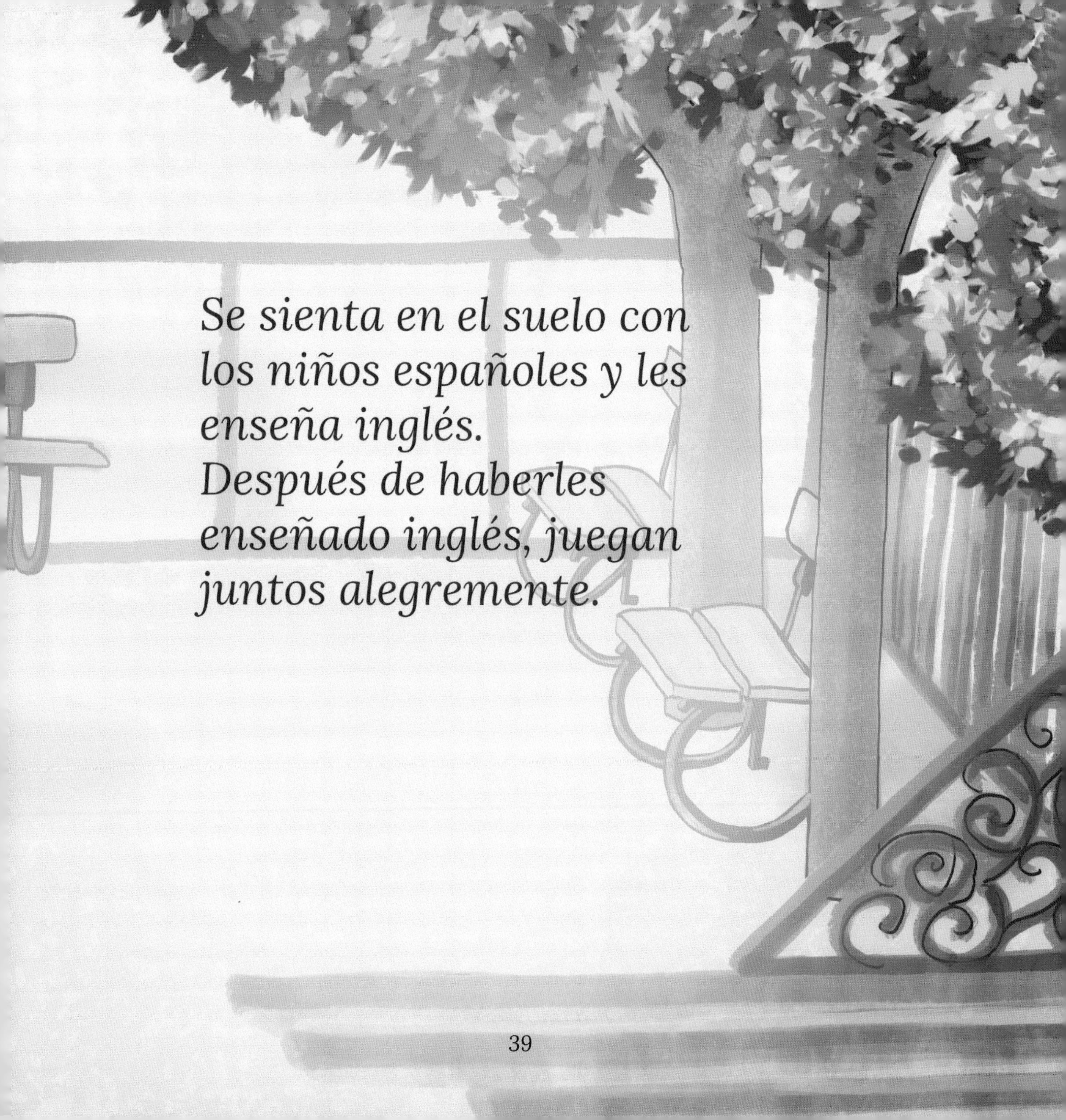

Se sienta en el suelo con los niños españoles y les enseña inglés. Después de haberles enseñado inglés, juegan juntos alegremente.

Calle
Prado
10

Más tarde, Anna corre deprisa a casa de sus abuelos. La niña está súper feliz. Su pelo se mueve cuando corre.

“¡Ahora a todos les gusta ser mis amigos!” - Anna grita. “¡Por fin les gusta que viva en Inglaterra!”

El abuelo de Anna entra en
la habitación y dice:
"¡Aún no me creo que no te guste este
gazpacho tan rico!"

"Está asqueroso, ¡es sopa fría!" Anna se ríe
mientras se tapa la nariz.

Su abuela le dice: " Alberto, deja de molestarla. Eres peor que los niños. ¡Anna es de Inglaterra y allí no comen gazpacho!"

PLVS
VLTRA

Anna sonríe. "Estoy muy contenta de vivir en Inglaterra donde no se come gazpacho!" - dice.
La pequeña se ríe con sus abuelos y se da cuenta de la suerte que tiene de estar en dos países diferentes.

Fin

Printed in Great Britain
by Amazon